AF163162

Michael J. Murek

GERECHTE STRAFE?

Werkstattberichte
eines Rechtsanwalts hierzu

novum pro

Bibliografische Information
der Deutschen Nationalbibliothek:

Die Deutsche Nationalbibliothek
verzeichnet diese Publikation in
der Deutschen Nationalbibliografie.
Detaillierte bibliografische Daten
sind im Internet über
http://www.d-nb.de abrufbar.

Alle Rechte der Verbreitung,
auch durch Film, Funk und Fernsehen,
fotomechanische Wiedergabe,
Tonträger, elektronische Datenträger
und auszugsweisen Nachdruck,
sind vorbehalten.

© 2021 novum Verlag

ISBN 978-3-99107-645-2
Lektorat: Dr. Johannes Krämmer
Umschlagfotos: Phartisan,
Andrey Popov | Dreamstime.com
Umschlaggestaltung, Layout & Satz:
novum Verlag

Gedruckt in der Europäischen Union
auf umweltfreundlichem, chlor- und
säurefrei gebleichtem Papier.

www.novumverlag.com

INHALTSVERZEICHNIS

1. DER AMOKLAUF DES B. B. 7

2. EIN UNMORALISCHES ANGEBOT 10

3. DER TIEFE FALL DES A. M. 16

4. DER VORGETÄUSCHTE ÜBERFALL 23

5. DER SCHLIMME VERDACHT 31

6. DER MANN, DER NICHT ZUR RUHE
   KOMMEN KONNTE 34

7. DER RECHTSCHAFFENE VIKTOR 40

8. DER UNGESETZLICHE BÜRGERMEISTER 45

9. DIE ABROBBER 50

10. DER EINFÄLTIGE BODO 54

1. DER AMOKLAUF DES B. B.

„Schatz", sagte Bill Burger zu seiner Freundin Nicole Krüger, als sie von einer Grillfeier an einem Forellenteich in den Morgenstunden nach Hause gekommen waren, „schlaf du dich erst einmal aus, ich räume am Teich auf und komme dann auch." Nicole und Bill hatten so lange mit Freunden an dem Teich gefeiert, bis es morgens schon wieder hell wurde.

Als Nicole am Sonntagmittag aufwachte, war Bill mit ihrem Fahrzeug weg. Sie dachte sich nichts weiter dabei, weil er ja schließlich aufräumen wollte.

Am Sonntagabend war er immer noch nicht zurück. Ob er zu seinen Eltern gefahren war? Es wunderte sie aber schon, dass er auch über sein Handy nicht erreichbar war.

Am darauffolgenden Montagmorgen – Bill war immer noch von der Bildfläche verschwunden – rief sie ihren Rechtsanwalt Martin Melzer an, der für sie seinerzeit vor dem Arbeitsgericht ein stattliches Schmerzensgeld herausgeholt hatte, weil ihr damaliger Arbeitgeber den Arbeitsplatz unzulässig per Video überwacht hatte. Herr Rechtsanwalt Melzer konnte sich auch keinen Reim darauf machen und versuchte Nicole zu beruhigen.

Am darauffolgenden Montag in den Mittagsstunden überschlugen sich dann allerdings die Ereignisse:

Bill Burger hatte mit dem Fahrzeug von Nicole Krüger mit dem amtlichen Kennzeichen „D-NK 1402" eine Postbank in Hubbelrath überfallen. Er hatte das Fahrzeug seiner Freundin in einer Seitenstraße geparkt, die Bankangestellten mit einer Schreckschusspistole bedroht und war dabei so nervös, dass er die Beute von circa 1.200 Euro in eine Plastiktüte steckte, beim Verlassen der Bank allerdings schon die Hälfte des Geldes auf der Straße hin zum Fahrzeug seiner Freundin verlor und das Geld durch die Luft flatterte.

Zeugen konnten der Polizei das Kfz-Kennzeichen mitteilen, so dass die Fahndung schnell anlief. Bill Burger war auch polizeilich erfasst, denn er hatte in der Vergangenheit schon öfters mit Drogendelikten zu tun gehabt, weil er auch drogenabhängig war und diese Drogenabhängigkeit letztendlich dazu führte, dass er keinen anderen Ausweg sah, als sich durch den Banküberfall Geld für den Erwerb von Drogen zu besorgen.

Kripobeamte kamen sofort zur Wohnung von Nicole Krüger und gaben ihr gegenüber bekannt, dass ihr Freund Bill Burger zur Fahndung ausgeschrieben worden war.

Rechtsanwalt Martin Melzer konnte nur konstatiert feststellen: „Ach du liebe Güte, was ist nur in Bill gefahren?" Es war für ihn und für Nicole nicht erklärbar, zumal Bill gerade erst wieder Fuß gefasst und sechs Wochen zuvor eine Arbeitsstelle in dem Ort, in dem Martin Melzer seine Kanzlei hat, angetreten hatte. Am darauffolgenden Dienstag gegen 11 Uhr überfiel Bill Burger eine Spielothek in Erkrath und erbeutete 250 Euro. Die Fahndung lief weiter! Nicole Krüger wurde rund um die Uhr in ihrer Wohnung überwacht. Die Kripobeamten warteten vor der Haustür und informierten sie auch über den zweiten Überfall von Bill. Er war aber immer noch nicht gefasst. Am darauffolgenden Mittwoch überfiel er eine weitere Spielothek in Hilden und erbeutete etwa 150 Euro.

Die Fahndung nach ihm war zwischenzeitlich bundesweit ausgeschrieben. Nicole Krüger war vollkommen verzweifelt, hatte aber immer noch kein Lebenszeichen von ihm erhalten.

Gefasst wurde er letztlich in Rosenheim, also weit weg von seinem und von Nicoles Wohnort. Er saß im Auto seiner Freundin und wurde mit brachialen Mitteln aus dem Seitenfenster der Fahrertür herausgezogen und brutal auf den Boden geworfen. Er stand unter erheblichem Drogeneinfluss, als man ihn festnahm. Nachdem man ihn überführt und nach Düsseldorf verbracht hatte, konnte Nicole ihn zum ersten Mal besuchen. Er äußerte ihr gegenüber nur: „Ich bin froh, dass es vorbei ist. Die verdammten Drogen haben mich fertig gemacht. Ich wusste am Sonntagmorgen weder ein noch aus und brauchte dringend Stoff, so dass ich mich aufgemacht habe, um Geld zu besorgen." Seine Drogensucht war auch Thema in der Hauptverhandlung vor dem Landgericht Düsseldorf. Er traf auf durchaus verständnisvolle Richter, die eingesehen hatten, dass die Drogensucht die Triebfeder für sein Ausklinken und die Raubüberfälle war. So kam er mit einer Strafe von drei Jahren und sechs Monaten doch noch recht glimpflich davon.

Von gerichtlicher Seite war zudem eine Entzugstherapie angeordnet worden, die Bill freudig angetreten hatte. Gegenüber Nicole äußerte er sich folgendermaßen: „Ich freue mich, einen neuen Anfang machen zu können, um mein Leben in den Griff zu bekommen und von den Drogen endlich loszukommen."

Allerdings umfasste sein „neuer Anfang" auch, dass er sich noch in der Haftanstalt und bei einem Freigang von Nicole Krüger trennte und ihr diesbezüglich nur mitteilte, dass dies für einen Neuanfang zwingend sein würde.

Nicole, die sechs Jahre lang zu ihm gestanden und ihn immer wieder aufgefangen hatte, war darüber natürlich sehr traurig.

2. EIN UNMORALISCHES ANGEBOT

Voller Schmerz und immer wieder kopfschüttelnd hielt Barbara Fuchs den Zettel in der Hand, den ihr Lebensgefährte, Dr. Frederik Schneider, kurz vor seiner Abfahrt in den Skiurlaub verfasst hatte: „Ich will nur in Bad Brückenau bestattet werden." Frederik war zwei Tage vorher bei einem Skiunfall in der Schweiz tödlich verunglückt. Der Hergang konnte nie genau geklärt werden, insbesondere nicht, ob seinen Brüdern, die mit ihm im Skiurlaub waren, eine Mitverantwortung an seinem tödlichen Unfall anzulasten war, da sich alle in ein abgesperrtes Gebiet begeben hatten.

Einen Tag nach dem tödlichen Unfall benachrichtigte die Mutter des Verstorbenen, Frau Brigitte Schneider, die ein gespanntes Verhältnis zu Frau Fuchs hatte, diese in einem kurzen Telefonat telefonisch über den Todesfall und teilte ihr mit, sie werde ihren Sohn in Bremen beerdigen lassen. In einem späteren Telefonat informierte sie sie darüber, dass die Überführung nach Bremen zwei Tage später erfolgen solle. Diese Aussagen kamen nur mechanisch, ohne Barbara Fuchs gegenüber irgendeine Art von Mitgefühl oder dergleichen zum Ausdruck zu bringen. Barbara Fuchs wusste noch nicht einmal, wo und wann die Beerdigung stattfinden sollte. Alleinerbe des Verstorbenen war Michael Fuchs, der gemeinsame Sohn von Dr. Frederik Schneider und Barbara Fuchs. Die Richterin am Landgericht sagte zu dem Anwalt von Michael Fuchs, dass Frau Schneider millionenschwere Eigentümerin des „Bremer Tagesblatts" und deshalb in Bremen „eine große Nummer sei": Dies hinderte das Gericht allerdings nicht, folgende Entscheidung zu treffen: Auf Michael Fuchs' Antrag hin untersagte das zuständige Landgericht Frau Brigitte Schneider, den Verstorbenen in Bremen beerdigen zu lassen, und drohte ihr für den Fall der Zuwiderhandlung ein Ordnungsgeld von bis zu 250.000 Euro, ersatzweise Ordnungshaft von bis zu sechs Monaten, an. In dem Beschluss hieß es, dass es das ausschließliche Recht des Sohnes als des nächsten Angehörigen, vertreten durch seine Mutter Barbara Fuchs, sei, über den Ort der Beerdigung des Vaters zu entscheiden. Seltsam war, dass die zuständige Richterin vor Erlass des Beschlusses noch versucht hatte, Frau Brigitte Schneider telefonisch zu erreichen. Die Richterin hatte versucht, die Mutter des Verstorbenen mündlich anzuhören. Auf ihrem Telefonanschluss hatte sich jedoch nur eine weibliche Person gemeldet, die nicht bereit gewesen war, ihre Identität anzugeben. Was dieses „Spielchen" von Frau Schneider zu bedeuten hatte, kann nur gemutmaßt werden – wollte sie dadurch die Untersagungsentscheidung des Gerichts verhindern? Das Gericht hatte auch den Zettel mit dem Beerdigungsort rechtlich gewürdigt. Das Motiv für diese rechtliche Würdigung bestand darin, dass Barbara Fuchs ihren Lebensgefährten darauf angesprochen habe, was denn sei, wenn er entweder einen Unfall habe oder an medizinische Geräte angeschlossen werden müsse oder versterben würde.

Weil die Beerdigung kurz bevorstand, mischte sich auf einmal der Vater des Verstorbenen, der geschiedene Ehemann von Brigitte Schneider, Herr Hans Schneider, ein, und nahm telefonischen Kontakt zum Prozessbevollmächtigten von Michael Fuchs auf. Mit diesem wurde Folgendes schriftlich fixiert:

1. Die Trauerfeier für Ihren Sohn Dr. Frederik Schneider findet am Montag, dem 08.03., um 9 Uhr 30 in Bremen statt.
2. Ich bestätige die mit Ihnen mündlich getroffene Vereinbarung, dass Frau Barbara Fuchs an der Trauerfeier teilnimmt.
3. Unter dieser Voraussetzung bestätigen wir Ihnen hiermit gegenüber, dass wir aus dem Urteil des Landgerichts, in dem die Bestattung untersagt war, keine Rechte mehr herleiten.

Der Vater des Verstorbenen faxte dann noch folgenden handschriftlichen Zusatz an den Prozessbevollmächtigten von Michael Fuchs: „Ich nehme an, dass mit Ziffer 3 auch auf alle Rechte auf späteres Umbetten des Verstorbenen verzichtet wird. Wenn ich nichts Gegenteiliges von Ihnen höre, gehe ich davon aus, dass dieser Zusatz von Ihnen akzeptiert ist."

Brigitte Schneider ließ ihren verstorbenen Sohn am 08. März in der Grabstelle in Bremen bestatten. Die Rechnungen – unter anderem für die Rettungsaktion und die Überführung von der Schweiz, für die Bestattung einschließlich Friedhofsgebühren sowie für die Trauerfeier, Bewirtung und einen Grabstein in Höhe von insgesamt mehr als 23.000 Euro – übersandte Frau Schneider, die selbst außerordentlich wohlhabend ist, an den Testamentsvollstrecker des Verstorbenen, seinen früheren Studienkollegen Dr. Hammel.

Im darauffolgenden April besuchten Michael und Barbara Fuchs das Grab und stellten einen weißen Schutzengel aus Porzellan sowie ein emailliertes Bild auf, das Michael gemalt hatte. Brigitte Schneider ließ diese Gegenstände entfernen und teilte dem Testamentsvollstrecker Dr. Hammel telefonisch mit, sie erlaube derartiges nicht. Bei einem Friedhofsbesuch eineinhalb Jahre später stellte Michael Fuchs fest, dass zwei von ihm und seiner Mutter Ende November des vorhergehenden Jahres aufgestellte Steine mit der Gravur „Jeder Tag mit Dir war ein Geschenk" und ein Trockengesteck vom Grab entfernt worden waren. Über seinen Anwalt bat Michael Fuchs seine Großmutter Brigitte Schneider um die Erlaubnis, auf dem Grab seines Vaters einen Grabstein errichten und Blumen oder Grabpflanzen oder auch Bilder oder Spielzeug aufstellen zu dürfen. Ihm sei unverständlich, dass sie das Bild, welches er für seinen Vater gemalt habe, wieder vom Zaun an der Grabstätte habe entfernen lassen. Brigitte Schneider schrieb zurück, „… dass eine Grabplatte für unseren verstorbenen Sohn bei einem Steinmetz in Auftrag gegeben wurde. Da genaue Vorstellungen bezüglich der Gestaltung vorliegen, wird die Ausführung einige Zeit in Anspruch nehmen. Frau Barbara Fuchs kann wie jeder Friedhofsbesucher am Grab trauern, sie kann Blumen und eine Kerze am Grab aufstellen. Da das Grab seit Generationen die Ruhestätte unserer Familie ist, sind andere

Betätigungen jeglicher Art hier nicht gestattet." Daraufhin forderte Michael Fuchs durch seinen Anwalt die Großmutter zur Zustimmung zu einer Umbettung nach Bad Brückenau auf, was Brigitte Schneider anwaltlich zurückweisen ließ.

Noch nicht einmal das Kondolenzbuch rückte Frau Brigitte Schneider heraus. Infolgedessen wurde sie vom zuständigen Amtsgericht zur Herausgabe verurteilt, während sie bis dahin die Herausgabe unter Berufung auf ihr Eigentum abgelehnt und angeboten hatte, ihrem Enkel Michael Fuchs eine hochwertige Kopie zu übermitteln, wenn er das Alter und die sittliche Reife habe, die Kommentare und die schriftlichen Beileidswünsche zu begreifen und zu verstehen. Dem trat das Amtsgericht entgegen und führte aus, dass auch das Kondolenzbuch vom originären Totenfürsorgerecht des Sohnes des Verstorbenen umfasst ist. Er und er allein ist Inhaber der Totenfürsorge für seinen verstorbenen Vater. Das Bayerische Verwaltungsgericht Würzburg hatte die Klage von Michael, die Stadt Bremen und die beigeladene Brigitte Schneider zu verpflichten, einer Umbettung des Verstorbenen aus dem Familiengrab auf den Friedhof in Bad Brückenau zuzustimmen, abgewiesen. Damit war Barbara Fuchs – im Namen ihres Sohnes Michael Fuchs – nicht einverstanden und sie legte gegen dieses Urteil Berufung ein.

Der zuständige Bayerische Verwaltungsgerichtshof bejahte den Umbettungsanspruch von Michael und seine Berufung war erfolgreich. Die Schutzwürdigkeit seiner Interessen an der Umbettung von Dr. Frederik Schneider ergibt sich daraus, dass er sein Vater gewesen war und ihm als seinem einzigen Kind das vorrangige, andere Berechtigte verdrängende Totenfürsorgerecht für seinen verstorbenen Vater zusteht. Außerdem entsprach dies dem ausdrücklichen Wunsch Frederiks, in Bad Brückenau bestattet zu sein. Das Gericht hatte weiter ausgeführt, dass in der ausdrücklich als Entscheidung über den Ort seiner Bestattung formulierten Erklärung sogleich die sinngemäße Bestimmung seines Sohnes als derjenigen Person liegt, die für den Fall seines

Ablebens totenfürsorgeberechtigt sein sollte. Das Gericht hatte sich auch mit dem Schriftwechsel zwischen dem Vater des Verstorbenen und dem Prozessbevollmächtigten von Michael auseinandergesetzt. Insbesondere ist nicht die Erklärung zu Ziffer 3 rechtswirksam geworden, wonach Michael aus dem Beschluss des Landgerichts keine Rechte mehr herleiten werde. Das Gericht führte zutreffend aus, dass schriftliche, inhaltlich übereinstimmende Willenserklärungen beider Seiten nicht vorlägen. Der Vater Hans Schneider hatte es mit seinem um 20 Uhr 34 übermittelten Fax im Rechtssinn abgelehnt, den Antrag seines Enkelkindes anzunehmen. Dies galt somit als Ablehnung des Antrags, und wurde als neuer Antrag ausgelegt. iesen neuen Antrag hatte der Prozessbevollmächtigte von Michael für ihn nicht angenommen, so dass es bei einem Einigungsmangel verblieben ist. Das bedeutet, dass Michael nicht rechtswirksam auf die Umbettung verzichtet hatte.

In der mündlichen Verhandlung vor dem Bayerischen Verwaltungsgerichtshof war Frau Brigitte Schneider nicht anwesend. Lediglich ihr Sohn Sebastian war dabei, als das Gericht zum Ausdruck brachte, dass es dem Begehren von Michael stattgeben werde. Sebastian Schmidt äußerte beim Hinausgehen aus dem Gerichtssaal lediglich: „Mein Bruder Frederik wird sich im Grabe herumdrehen!"

Frau Brigitte Schneider wollte noch eine letzte Trumpfkarte ziehen: Barbara Fuchs erhielt von einer Rechtsanwältin von Frau Schneider einen Telefonanruf. Eine weibliche Stimme meldete sich nur mit „Anwaltskanzlei". Diese Dame führte dann gegenüber Barbara Fuchs sinngemäß aus, dass sie es Frederik nicht antun könne, dass sein Leichnam ausgegraben werden müsse. Sie appellierte an Barbara Fuchs, die Totenruhe von Frederik zu wahren.

Dann führte sie weiter aus, dass sie von Frau Schneider ein Angebot unterbreiten solle, mit dem sie alle glücklich werden sollten. Sie bot Barbara Fuchs 500.000 Euro an, damit Frederik in seinem Grab in Bremen bleiben dürfe. Darauf antwortete Barbara Fuchs nur: „Sagen Sie Frau Schneider einen lieben Gruß von mir, selbst wenn sie mir 5.000.000 Euro bieten würde, solle sie sich mit dem Geld den Allerwertesten abputzen."

Frau Brigitte Schneider musste letztendlich also Folgendes feststellen und als Strafe für sich ansehen,

- dass ihr Sohn in Bad Brückenau bestattet ist und
- dass sie zu der Erkenntnis gelangen musste, dass man mit Geld nicht alles erreichen kann!

Barbara Fuchs ließ ein wunderschönes Haus in unmittelbarer Nähe zum Friedhof von Bad Brückenau mit Blick auf das Grab von Dr. Frederik Schneider errichten.

3. DER TIEFE FALL DES A. M.

Selbstzufrieden winkte er zusammen mit seiner Braut – er im weißen Anzug, sie in einem tief ausgeschnittenen und blütenweißen Kleid – den Zuschauern auf der Hauptstraße in Bad König aus der weißen Kutsche zu. Solch eine prunkvolle Hochzeit hatte der Ort noch nicht gesehen. Im Ausschnitt von Magdalena Breisig, der Braut, blinkte ein wunderschönes Collier, das er ihr zur Vermählung geschenkt hatte und das mit 24 Diamanten besetzt war.

Er, Andreas Meinberg, hatte es geschafft:

Er, der ehemalige Oberfeldwebel, hatte sich von seiner Abfindung Modeschmuck gekauft – Ketten, Ringe, Accessoires, Halstücher und Sonnenbrillen –, für den er guten Absatz gerade bei Schülerinnen, jungen Frauen sowie modebewussten Mädchen finden konnte. Angefangen hatte er in einer kleinen Werkstatt, später mietete er immer größere Räume, um die Ware, die vornehmlich aus der Türkei und Pakistan importiert wurde, auszupacken, zu etikettieren und für die Supermärkte, die er belieferte, verkaufsfertig zu machen. Zunächst war es eine Einzelfirma, später gründete er eine GmbH, die schließlich in die First Collier AG umgewandelt und deren Grundkapital immerhin auf sieben Millionen Euro erhöht wurde.

Er hatte sich mit der First Collier AG einen so guten Namen gemacht, dass er es sich leisten konnte, einen Werbevertrag mit der zukünftigen Nummer Eins der Tenniswelt abzuschließen, deren gieriger Vater allerdings darauf bestanden hatte, von dem Honorar von einer Million Euro die Hälfte in bar zu erhalten.

In der ihm und seiner Braut zujubelnden Menge erkannte er in der vordersten Reihe auch seinen Anwalt und Notar Richard Kleineberg, genannt „der Igel": Dieser Spitzname rührte daher, dass sich stets dann, wenn er bei irgendwelchen Anlässen oder Feiern an der Reihe war, eine Runde zu schmeißen, seine Faust in seiner Tasche einigelte und er immer wieder eine Ausrede fand, sich bei den Rotariern, im Tennisverein und im Golfclub, wo er jeweils Mitglied war, seiner Verpflichtung zu entziehen.

Auf dem Polterabend von Andreas Meinberg hatte er einen früheren Mandanten getroffen, den er kräftig über den Tisch gezogen hatte. Er ging zu ihm mit zwei Gläsern Bier, welche ihn natürlich nichts gekostet hatten, weil es Freibier war, und er prostete seinem ehemaligen Mandanten mit den Worten zu: „Lass uns wieder Freunde sein, hier hast du ein Bier von mir!"

Einer der Supermarktbetreiber, die Andreas Meinberg belieferte, erzählte ihm folgende Geschichte über Richard Kleineberg: Dieser hatte seine Rotarierfreunde in seine Villa zum Barbecue eingeladen, als er feststellen musste, dass ihm das Grillfleisch ausgegangen war. Er rief den Supermarktbesitzer Ralf Lindner an und orderte neue Steaks und Spareribs. Als Lindner die Grillsachen angeliefert hatte, sprach der Advokat folgende Worte: „Meine lieben Freunde! Wir dürfen uns beim lieben Ralf Lindner für die von ihm geleistete Grillspende herzlich bedanken!" Herr Ralf Lindner wollte Herrn Richard Kleineberg vor seinen Rotariern nicht bloßstellen, holte sich die 69,02 Euro für die von ihm gelieferte Ware aber am nächsten Tag in dessen Kanzlei ab.

Andreas Meinberg hatte von seinem Anwalt einen Warengutschein über ganze 40 Euro als Hochzeitsgeschenk erhalten. „Mit diesem Winkeladvokaten muss ich noch ein ernstes Wort sprechen", dachte er sich, denn er hatte von ihm für die Beurkundung des Satzes „Das Grundkapital der First Collier AG wird von 2.000.000 Euro auf 7.000.000 Euro erhöht" eine Rechnung über 27.000 Euro erhalten.

Kleineberg war auch bekannt dafür, bei Feiern, die über eine längere Zeit andauerten, zwischendurch nach Hause zu fahren und sich auszuruhen, um dann erholt erneut eine Schlacht am Buffet schlagen zu können.

Kleineberg war es auch, der Andreas Meinberg den Erwerb von einer Immobilie nach der anderen schmackhaft machte – schließlich verdiente er an jeder Beurkundung, die er für seinen Klienten durchführte, ordentlich mit.

Andreas Meinberg war an einem Aussiedlerhof vorbeigefahren, der ihm auf Anhieb gefiel und den er zu einem Reiterhof umbauen wollte. Er ging auf den Besitzer des Aussiedlerhofes, Herrn Konrad Meier, zu und bot ihm einen durchaus akzeptablen Preis für dessen Anwesen, wusste allerdings nicht, dass Konrad Meier Eigentümer mehrerer vermieteter Häuser ebenso wie eines 10.000 Quadratmeter großen Gewerbegrundstücks war, für welches die Telekom Deutschland ihm bereits vier Millionen Euro geboten hatte. Er war also überhaupt nicht darauf angewiesen, Andreas Meinberg den Aussiedlerhof zu verkaufen. Schließlich machte die Tochter von Konrad Meier zusammen mit zwei Mitstreiterinnen aus dem Anwesen einen Bauernhofkindergarten, in dem die Kinder den natürlichen Umgang mit Ziegen, Schafen und Hühnern lernen konnten und in dem es sogar – so ähnlich, wie es vielleicht Andreas Meinberg vorgehabt hatte – eine Reithalle für die Kinder und einen Hindernisparcours gab.

Nach und nach hatte sich im Kopf von Andreas Meinberg der Wunsch festgesetzt, der größte Immobilienmogul der Gegend zu werden. Er kaufte alle Häuser auf, um diese zu modernisieren und mit Gewinn veräußern zu können. Zudem kaufte er Bauland auf, um darauf exklusive Mehrfamilienhäuser zu errichten.

Aber auf einmal klappte die Finanzierung neuer Häuser nicht mehr, bei schon errichteten Häusern kamen erhebliche Baumängel ans Licht, und immer mehr sich von Andreas Meinberg geprellt gefühlte Eigentümer machten Regressforderungen gegenüber ihm und seinem Architekten geltend. Dies war der Anfang vom Ende der Erfolgsgeschichte des Andreas Meinberg.

Er hatte für jeden seiner Mitarbeiter bis hin zum Vizebuchhalter einen schwarzen Porsche geleast, der, ohne überhaupt einen Kilometer im Monat gefahren worden zu sein, allein schon 2.500 Euro pro Monat kostete.

Seine Tochter hatte ihren Porsche an einer Kreuzung zu Schrott gefahren und in der darauffolgenden Woche hatte sie bereits einen Ersatzporsche vor der Firmentür stehen.

Er hatte sich selbst ein Cabrio von Mercedes mit Flügeltüren gegönnt, das er höchstpersönlich in Florida abgeholt hatte.

Doch dann kam es zum großen Knall:

Die Supermärkte nahmen seinen Modeschmuck nicht mehr ab, so dass es ihm dann nicht mehr möglich war, genügend Geld damit zu verdienen.

Kurze Zeit konnte er seine Firma First Collier AG noch damit über Wasser halten, dass er seine Umsatzsteuervoranmeldungen frisierte und von den erstatteten Vorsteuerbeträgen lebte. Das funktionierte solange, bis die First Collier AG eine Umsatzsteuer-Sonderprüfung erhielt, die damit endete, dass der Prüfer des Finanzamts Andreas Meinberg eröffnete, dass gegen ihn ein Steuerstrafverfahren wegen Umsatzsteuerhinterziehung eingeleitet worden sei.

Offene Rechnungen von Lieferanten in fünfstelliger Höhe sowie die damit verbundene Zahlungsunfähigkeit führten dazu, dass Andreas Meinberg die Reißleine ziehen und Insolvenzantrag für seine Firma stellen musste.

Alles war futsch:

Der immense Fuhrpark wurde von der Leasingfirma abgeholt und die Mitarbeiter mussten zur Agentur für Arbeit, um dort Insolvenzausfallgeld zu beantragen. Darüber hinaus war absehbar, dass Andreas Meinberg und seine an Luxus gewöhnte Ehefrau die überaus aufwendige Penthousewohnung mit mehreren Bädern, einem eigenem Billardraum sowie einer eingebauten Bierleitung aufgeben mussten. Es war dann für jedermann keine Überraschung, dass seine extravagante Gattin das „sinkende Schiff", das heißt ihn verließ, um mit einem gut situierten Kaminbau-Unternehmer zusammenzuziehen und die beiden gemeinsamen Töchter in dessen Haus mitzunehmen.

Andreas Meinberg war klar, dass es nur zwei Möglichkeiten für ihn gab:

− Entweder sein Leben zu beenden oder
− sich mit irgendwelchen Geschäften, so gut es geht, über Wasser zu halten.

Es wurde ihm zwar wegen seiner Steuerschulden die waffenrechtliche Zuverlässigkeit abgesprochen und er wurde von der Aufsichtsbehörde aufgefordert, seine Waffen schnellstmöglich zurückzugeben, aber er war noch im Besitz seiner Waffen, als er sein Leben beenden wollte.

Er hatte seine Smith & Wesson bereits an sein Kinn gedrückt und den Abzug betätigt, als nichts passierte, weil die Waffe auf einmal Ladehemmung hatte und es Andreas Meinberg als Zeichen ansah, dass der beabsichtigte Suizid einfach nicht klappen sollte.

Er hatte noch Modeschmuck, mit dem er sich vor ein großes Kaufhaus in Erbach stellte und Kunden seinen Schmuck direkt verkaufte. Dies reichte für eine warme Mahlzeit in der Kantine des Kaufhauses und zur Befriedigung seiner Tabaksucht.

Als er über keinen Modeschmuck mehr verfügte, verkaufte er für Gaststätten und Restaurants Toilettenpapier und Papierhandtücher; danach versuchte er, kleine Spielflugzeuge an den Mann zu bringen und, als das ebenfalls nicht von Erfolg gekrönt war, Energiesparleuchten an Praxen und Behörden zu verkaufen.

Eines stand noch aus:

die Verhandlung wegen Umsatzsteuerhinterziehung in Höhe von circa 300.000 Euro vor dem zuständigen Amtsgericht Michelstadt.

Andreas Meinberg war geständig, es gab auch nichts zu verschleiern oder zu beschönigen. Er konnte seine verzweifelte Situation eingehend schildern und auch dem Richter war klar, dass hier eine Person vor ihm stand, die beruflich und privat alles verloren hatte. Andererseits sah das Gericht wegen des Ausmaßes der Steuerhinterziehung keinen Spielraum für eine Bewährungsstrafe, sondern verurteilte Andreas Meinberg zu einer Freiheitsstrafe von 27 Monaten. Es überraschte ihn deshalb weniger als seinen Verteidiger Richard Kleineberg, dass ihn der Staatsanwalt noch im Gerichtssaal verhaften ließ, weil Fluchtgefahr bestand, da die Staatsanwaltschaft Wind davon bekommen hatte, dass er einen Kumpel in Griechenland hatte, wohin er sich absetzen wollte.

Andreas Meinberg wurde bereits nach der Hälfte der Strafzeit entlassen. Seitdem lebt er in bescheidenen Verhältnissen.

Seine Perspektive ist die,

- von etwa 600 Euro Rente aus seiner Bundeswehrzeit zu leben, mit der er gerade einmal seinen Nikotinkonsum bezahlen kann,
- einen Pkw Fiat 500 zu fahren, welcher bereits mehr als 20 Jahre alt ist und so aussieht, als ob er jeden Augenblick auseinanderfallen könnte und

– in einer Gartenlaube auf einem Campingplatz zu leben, da ihm immer wieder wegen Zahlungsverzugs die Mietverhältnisse gekündigt wurden.

Er weiß jetzt, dass Hochmut vor dem Fall kommt:

Er war einmal ein erfolgreicher Unternehmer und ganz oben, aber er ist nicht dort geblieben, sondern ganz tief gefallen!

4. DER VORGETÄUSCHTE ÜBERFALL

Der Sonnenuntergang in Amalfi war so unwirklich schön, wie man ihn sich nicht schöner hätte vorstellen können, wenn Karsten Kropfeld nur den Kopf dafür frei gehabt hätte. Die Schönheit der untergehenden Sonne konnte ihn nicht erreichen, seine Sorgen waren einfach zu groß!

Er hatte nicht anders gekonnt, als sein Zuhause – seine Postagentur und das kleine Reparaturgeschäft – einfach stehen und liegen zu lassen, um auszubrechen, denn er hörte von seiner Frau immer wieder nur Vorhaltungen, dass sie die Kosten für das in ihrem Alleineigentum stehende Haus auch allein zu tragen habe, dass sie mit ihrer Verwaltungsstelle in Wedel auch Hauptverdienerin sei und er endlich einmal versuchen sollte, sein Geschäft zum Laufen zu bringen und endlich Einnahmen und Gewinn zu erzielen.

Er musste raus aus dieser heimischen Enge, weil er das Gefühl hatte, dass sie ihn erdrücken würde.

Als erdrückend empfand er auch die ständigen Mahnungen des für ihn zuständigen Finanzamtes. Er hatte schon zum dritten Mal die Mahnung für offenstehende Lohn- und Umsatzsteuerzahlungen – auch mit Vollstreckungsandrohung – erhalten. Der Steuerberater hatte ihm zu seinem Wunsch und Vorschlag, dass er Ratenzahlungen anbieten wolle, lediglich die Auffassung der Finanzverwaltung wiedergegeben, dass es sich bei Lohnsteuer lediglich um eine fremde Schuld für seine Aushilfskräfte handle, das heißt, dass er nur treuhänderisch diese Steuer einbehalten dürfe und sie bei der Umsatzsteuer bereits von seinen Kunden erhalten und deswegen auch abzuführen habe. „Eine Stundung dieser Steuerschulden kommt für Ihr Finanzamt nicht infrage, es tut mir leid, aber wir haben dies schon öfter versucht. Ich kann

Ihnen diesbezüglich keine Hoffnung machen!", so die telefonische Aussage seine Steuerberaters.

Die Steuernachzahlungen, die noch auszuzahlenden Löhne der letzten drei Monate und die Abgaben an die Knappschaft sowie an Lieferanten machten summa summarum einen Betrag von über 20.000 Euro aus.

„Wie soll und kann ich diese Forderungen erfüllen?", fragte er sich.

Es war also leicht nachvollziehbar, dass er die Schönheit des malerischen Hafens von Amalfi, das Meer und die untergehende Sonne nicht wirklich genießen konnte, ebenso wenig wie die eigentlich fantastische Pasta mit Garnelen und Aioli-Sauce, in der er nur lustlos herumstocherte.

Eine Lösung seiner Probleme musste her, zumal er kurz vor der Abreise nach Amalfi noch einen Brief von der Postbehörde erhalten hatte, dass er in etwa vier Wochen Besuch erhalten würde von Leuten, die die Prüfung seiner Bücher durchführen würden.

Er sah nur einen Ausweg: Der Hamburger Dom – das große Volksfest in seiner Heimatstadt – stand an.

Die örtliche Tageszeitung hatte dann ihre Schlagzeile: „Poststation in Hamburg-Eppendorf während des Doms überfallen. Der Inhaber der Poststation, Herr K. K., befand sich alleine in seiner Postagentur – seine Mitarbeiterin hatte wegen des Volksfestes frei –, als er von einem maskierten Täter mit vorgehaltener Pistole bedroht wurde, der ihn in einen Kellerraum drängte, ihn dort einschloss, die Kasse der Poststelle entnahm und unerkannt entkommen konnte. Beute: 35.000 Euro."

Großes Mitgefühl wurde ihm gegenüber ausgesprochen und Mut wurde ihm mit den Worten zugesprochen, dass er ja lebend und unbeschadet aus dem Überfall herausgekommen sei.

„Wie hat man dich eigentlich gefunden?", wurde er mehrfach gefragt. Er antwortete: „Der Täter hatte nicht gesehen, dass ich mein Handy in der Gesäßtasche hatte. Nachdem ich mir sicher war, dass er geflüchtet ist, konnte ich meine Angestellte, Ulrike Terscher, anrufen, die hierauf die Kellertür zu dem Raum, in den ich von dem Täter gedrängt worden war, aufgeschlossen und mich befreit hatte."

Die zuständigen Kripobeamten aus Hamburg sahen die Sache allerdings nicht so positiv und konnten sich nur schwer für die Einschätzung Karsten Kropfelds als „armes" Opfer begeistern. Es gab zu viele Widersprüche in seiner Sachverhaltsdarstellung! Zunächst kam es dem Kriminaloberkommissar Horn spanisch vor, dass Kropfeld sein Handy während des Überfalls weiterhin bei sich hatte und damit auch Hilfe aus dem Keller holen konnte.

Dann fand man den Kellerschlüssel im Hof des Anwesens, was den Filialleiter äußerst verdächtig machte. Den entscheidenden Hinweis erhielt Horn schließlich von den Mitarbeitern der umliegenden Bücherei und Metzgerei, insbesondere von der Metzgersfrau Eleonore Weinmann. Diese konnte berichten, dass Herr Kropfeld zwar keinen aufwendigen Lebensstil geführt hatte und immer mit seiner Berufslatzhose herumlief, andererseits aber in den letzten drei Monaten für jeweils eine Woche in Andalusien, in Kemer an der türkischen Riviera und zuletzt in Amalfi war, obwohl Frau Terscher –, natürlich immer unter dem Siegel der Verschwiegenheit –, sich darüber beklagte, dass die Lohnzahlungen, auf die sie so dringend angewiesen war, immer wieder verspätet oder nur in Teilzahlungen erfolgten.

Außerdem wusste sie, ebenso wie die Bäckersfrau Angelika Böse, dass es Spannungen zwischen Herrn und Frau Kropfeld gab.

Zunächst ließ Frau Kropfeld keine Gelegenheit aus, den Kauffrauen zu erzählen, dass ihrem Mann an ihrem Haus noch nicht einmal „das Schwarze unter dem Nagel gehören", er sich aber auch nicht ausreichend an den Kosten beteiligen würde. Er würde sein Geld lediglich in das elterliche Anwesen stecken, über das nach dem Tod seiner Eltern ein erbitterter Erbstreit unter den Geschwistern entfacht war.

Weder Frau Weinmann noch Frau Böse und deren Angestellte hatten auch nur irgendetwas von einem Überfall mitbekommen, obwohl wegen des Festes doch viele Besucher die Straße passiert hatten.

Daneben ergab eine Überprüfung von Karsten Kropfelds Konten, dass diese bis zum Limit ausgereizt waren. Überdies fand man in seinen Unterlagen Mahnungen des Finanzamts und der Knappschaft sowie von Geschäftskunden. Und das ließ nur einen Schluss zu:

Herr Kropfeld war finanziell am Ende!

Kriminaloberkommissar Horn fasste daher den Entschluss, Kropfeld doch einmal etwas härter anzupacken!

Die Hausdurchsuchung seines Anwesens erfolgte in großem Stil:

Mehr als ein halbes Dutzend Kripobeamte durchforsteten das Anwesen, fanden aber nichts Verdächtiges. Auch die Spürhunde, die für gewöhnlich an der Staatsgrenze nach mitgenommenem Geld schnüffelten und dafür besonders abgerichtet sind, konnten nichts finden.

Dennoch war sich Kriminaloberkommissar Horn sicher, dass Kropfeld etwas zu verbergen hatte, so dass sie ihn auf die Polizeistation mitnahmen.

Horn begann die Beschuldigtenvernehmung nach eingehender Belehrung damit, dass er Herrn Kropfeld einfach an den Kopf warf:

- „Wir glauben Ihnen kein Wort von dem Raubüberfall!
- Niemand hat etwas davon mitbekommen.

- Es ist schon verwunderlich, dass Sie mit Ihrem Handy Hilfe holen und von Ihrer Angestellten aus dem Keller befreit werden konnten.
- Ihre finanzielle Lage ist mehr als dürftig, Sie wussten nicht mehr ein und aus.
- Machen Sie doch einfach reinen Tisch!"

Herr Kropfeld bat um anwaltlichen Beistand, der ihm von dem überaus fairen Kriminaloberkommissar und dessen Mitarbeiter gewährt wurde.

Rechtsanwalt Norbert Nolte, der zur Polizeistation kam, ersuchte darum, ein Vieraugengespräch mit Herrn Kropfeld führen zu dürfen, welches ihm ausdrücklich erlaubt wurde. Seine erste Frage lautete: „Können die Polizisten etwas in Ihrer Wohnung finden?" Dies verneinte Herr Kropfeld. Andererseits war auch dem Rechtsanwalt klar, dass die Sachverhaltsschilderung seines Mandanten erhebliche Widersprüche barg, die ihn äußerst verdächtig machten. Auch der Anwalt konnte nur schlussfolgern, dass der gesamte Überfall fingiert war. Wie ihm Herr Kropfeld erzählt hatte, befand sich das restliche, von ihm unterschlagene, Geld aus der Postfiliale weder dort noch zu Hause, sondern in einer Garage, die außerhalb des Anwesens, welches er mit seiner Frau bewohnte, lag.

Nolte war aufgefallen, dass sich sein Mandant in einem Zustand äußerster Verzweiflung und nahe eines Zusammenbruchs befand, so dass er auch den Rat aussprach: „Machen Sie gegenüber den Behörden reinen Tisch, denn aus dieser Nummer kommen Sie sonst nicht heraus!"

Karsten Kropfeld legte gegenüber dem Kriminaloberkommissar und seinem Mitarbeiter – Kriminaloberkommissar Robben – ein umfangreiches Geständnis ab. Er erzählte davon, dass seine Poststation nicht mehr genug Gewinn abwerfen würde, er mit seinem Hausmeister- und Reparaturservice so gut wie keine Aufträge mehr erhielt und darüber hinaus in einer Dauerfehde mit seinen

Geschwistern wegen der Verwertung des Anwesens der Eltern nach deren Tod stand. Er hatte Gelder der Post in der Höhe von rund 35.000 Euro veruntreut, um damit die finanziellen Löcher zu stopfen. Weiter sagte er: „Der Rest des Geldes befindet sich in der Garage in der Rosenstraße, die ich vor einigen Jahren angemietet hatte, um dort mein Yamaha-Motorrad unterstellen zu können."

Die Kripobeamten fanden in der besagten Garage noch circa 15.000 Euro.

Als die Vernehmung von Kropfeld beendet war, hatte Rechtsanwalt Nolte angeboten, ihn nach Hause zu bringen. Kriminaloberkommissar Horn war aufgrund seiner beruflichen Erfahrung aufgefallen, dass Herr Kropfeld keinen stabilen Eindruck hinterließ, er also, wie man sagt, „total neben der Spur war". Horn nahm selbst das Heft in die Hand und sagte: „Sie haben hier und heute richtig gehandelt, indem Sie reinen Tisch gemacht haben, und die Folgen für Sie werden überschaubar sein. Wir werden Sie nach Hause bringen." Dies war an einem Donnerstag.

Zu Hause erwarteten ihn das Inferno und das Unwetter seiner Ehefrau:

- „Du hast uns vor den Nachbarn unmöglich gemacht.
- Alle haben nur ein Gesprächsthema: den von dir fingierten Raubüberfall in deine Postfiliale.
- Ich traue mich nicht mehr unter die Leute und versuche nur, dass ich von der Arbeit so schnell wie möglich in mein Haus komme, ohne irgendjemandem zu begegnen.
- Einkaufen gehe ich nicht mehr hier, sondern ausschließlich in Wedel, wo ich nicht auffalle und mir auch keine dummen Fragen anhören muss!
- Ich habe von dir schon seit einiger Zeit die Schnauze so voll, dass ich dich hiermit aus meinem Haus rausschmeiße. Bis nächste Woche Samstag hast du deine Sachen gepackt und bist hier raus! Ich will dich nicht mehr sehen!"

Sie drückte ihm eine Decke und ein Kissen in die Hand und so musste er die Nacht auf dem unbequemen Sofa in der Küche verbringen.

Er war verzweifelt:

- seine Postfiliale war er los.
- Die Angestellten zeigten mit dem Finger auf ihn.
- Noch hatte die Bevölkerung nicht mitbekommen, dass er den Raubüberfall nur fingiert hatte, aber bald werden es alle wissen.
- Er hatte keine Möglichkeit, in das Haus seiner verstorbenen Eltern zu ziehen, weil seine Schwester ihm den Zugang dorthin dadurch versperrt hatte, dass sie die Schlösser austauschen ließ.

Die beste Kraft des Rechtsanwalts Nolte, Frau Annegret Winterhügel, hatte ihrem Chef gegenüber geäußert: „Ich habe da ein schlechtes Gefühl, wollen Sie nicht einmal Herrn Kropfeld anrufen?" Auch Herrn Nolte wurde es mulmig zumute und er versuchte mehrfach vergeblich, Kropfeld telefonisch zu erreichen.

Rechtsanwalt Nolte rief am darauffolgenden Dienstag Kriminaloberkommissar Horn an und teilte ihm mit, dass er ein schlechtes Gefühl habe. Horn antwortete darauf nur: „Ihr Gefühl hat sie nicht getäuscht! Wir mussten ihn von dem Dachbalken des Hauses seiner Frau abschneiden, wo er sich heute Morgen aufgehängt hat. Seine Frau reagierte äußerst cool und distanziert und schien überhaupt nicht besonders betroffen zu sein." Hier hat sich Karsten Kropfeld offensichtlich das letzte Mal in seinem Leben geirrt. Nachdem ihm seine Frau die Füße unter dem Boden weggezogen hat und er keinen Ausweg mehr sah, wollte er sie noch einmal in ihr Herz treffen. Er rief sie in ihrer Arbeitsstelle in der Verwaltung in Wedel an und sagte nur: „Wenn du nach Hause kommst, werde ich nicht mehr am Leben sein, denn es macht für mich keinen Sinn mehr weiter zu leben. Ciao, du altes Monster!"

Sie fuhr, so schnell es ging, nach Hause, konnte allerdings nur noch wahrnehmen, dass ihr Gatte an dem Balken vor dem Vorgarten ihres Hauses hing. Hierauf benachrichtigte sie Polizei und Feuerwehr, die ihren Mann dann in einem Blechsarg mitnahmen.

Sie hat sich von ihm nie verabschiedet, hat keine Sterbeanzeige veranlasst, keine Trauerfeier abgehalten und auch nicht dafür gesorgt, dass er ein ordentliches Begräbnis bekam.

Es waren seine Angestellten, die ihn anonym irgendwo im Niemandsland bestatten ließen, nur sie wissen, wo seine Asche begraben ist.

Frau Kropfeld lebt weiterhin zurückgezogen und meidet den Umgang mit Menschen, so gut es geht.

5. DER SCHLIMME VERDACHT

Bernhard Bubka rief aufgeregt in der Kanzlei des Strafverteidigers Dr. Mickler an und bat dringend um einen Termin. Die Sekretärin, Frau Hirschhorn, fragte Bernhard, um was es denn ginge. Er antwortete: „Ich habe gerade eine Mitteilung erhalten, dass gegen mich wegen des Vorwurfs einer Vergewaltigung ermittelt werde." Dies nahm die Sekretärin zum Anlass, ihn direkt zu Herrn Dr. Mickler durchzustellen, der sich den Vorwurf anhörte und hierauf antwortete: „Sie können selbstverständlich sofort in meine Kanzlei kommen, allerdings erbitte ich einen Vorschuss, denn wie heißt es bei uns locker ‚ohne Schuss ist Schluss'. Ich kann ohne einen erhaltenen Vorschuss nicht denken!" So kam es, dass Herr Bubka mit einem Vorschuss von 500 Euro nach Terminvereinbarung mit dem Sekretariat von Dr. Mickler in dessen Praxis erschien.

„Nun legen sie mal los", meinte Dr. Mickler. Bernhard erinnerte sich an einen Vorfall in der Gaststätte „Zum Pferdestall", in dem es mit Irene Daubert zu einvernehmlichem Sex gekommen war. Herr Dr. Mickler teilte Bernhard mit, dass es üblich ist, sich zunächst Akteneinsicht zu verschaffen, um auf den aktuellen Stand der Ermittlungen zu kommen. Er beruhigte Bernhard allerdings dahingehend, dass der Vorwurf der Vergewaltigung, bei der es sich natürlich um ein Verbrechen handelt, schlimm ist, die Staatsanwaltschaft jedoch zunächst keinen Haftbefehl beantragt habe.

Dr. Mickler erhielt dann nach wenigen Tagen Akteneinsicht. Irene Daubert hatte hier – und zwar erst nach einigen Tagen – zu Protokoll gegeben, dass sie von zwei Personen, sowohl von Bernhard als auch von Siegfried Neubert, genannt Softi, vergewaltigt wurde.

In einem Telefongespräch mit Frau Staatsanwältin Verena Heftig sprach Dr. Mickler davon, dass es sich um einvernehmlichen Sex gehandelt habe. Dies wollte die Staatsanwältin nicht hören und sie legte los: „Das Recht auf sexuelle Selbstbestimmung ist ein hohes Recht einer jeden Frau, welches niemals verletzt werden darf und einen schlimmen Verstoß darstellt. Die Vergewaltigung einer Frau ist ein Mord an ihrer Seele!" Nach dem Ende der Ermittlungen erhob die Staatsanwältin gegen Bernhard und Siegfried Anklage wegen gemeinschaftlich begangener Vergewaltigung an Frau Daubert. Dr. Mickler hatte zunächst mit Bernhard allein gesprochen und gefragt, wie er sich die gemeinschaftliche Vergewaltigung vorzustellen habe. Er äußerte Bernhard gegenüber: „Ich bin in solchen Sachen einiges gewohnt, sie dürfen nicht irgendetwas zurückhalten und müssen mir genau schildern, wie es passiert ist. Haben sie Frau Daubert nacheinander vergewaltigt?"

„Nein, nein so war es nicht", antwortete Bernhard. „Wir saßen zusammen in dem abgeschlossenen Gasthof „Zum Pferdestall" und die Initiative ging von Frau Daubert aus. Zunächst knutschte sie heftig mit Siegfried, später ging sie auch mir an die Hose. Siegfried schlug dann vor, dass wir ‚einen flotten Dreier' machen könnten." Dies bedeutete, dass Frau Daubert Oralverkehr mit Siegfried hatte, während Bernhard sie gleichzeitig mit Wollust von hinten nahm.

Dr. Mickler fragte Bernhard, ob er den einvernehmlichen Sex weiter begründen könne.

„Ich denke, dass es sinnvoll ist, ein Sechsaugengespräch mit ihrem Freund Siegfried zu führen." So kam es in der Rechtsanwaltskanzlei zu der Zusammenkunft zu dritt. Siegfried hatte sich zwischenzeitlich selbst einen Verteidiger genommen. Dr. Mickler erklärte beiden, dass es nach Anklageerhebung noch möglich ist, Einwendungen gegen sie zu erheben, damit die Hauptverhandlung vor dem Landgericht nicht zugelassen wird.

Auf einmal hatte Siegfried einen Geistesblitz und sagte: „Wir haben doch ein Video auf meinem Handy über die ‚Angelegenheit' gefilmt. Daraus ergibt sich eindeutig, dass Frau Daubert, die sonst aufgrund ihres Aussehens keinen Kerl abgekriegt hatte, von uns einvernehmlich ‚bedient' wurde." Dr. Mickler bat um Vorlage dieses Videos, wobei eine Kopie an die Staatsanwaltschaft ging. Die Staatsanwältin Heftig musste nach Ansicht des Videos feststellen, dass es sich um einvernehmlichen Sex gehandelt hatte. Also ließ sie die Anklage gegen beide fallen.

Gegenüber Dr. Mickler sagte sie: „Dieses Video hätten Sie doch schon früher vorlegen können, denn dann hätte ich keine Anklageschrift anfertigen müssen." Die Antwort von Herrn Dr. Mickler war: „Aufgrund neuer Erkenntnisse wurde der Anklagevorwurf nunmehr hinfällig, mit der Folge, dass ich nunmehr meine Vergütung aus der Staatskasse beanspruchen kann."

Bernhard hat dann auch den an Dr. Mickler geleisteten Vorschuss wieder zurückerhalten.

6. DER MANN, DER NICHT ZUR RUHE KOMMEN KONNTE

„Nimm dir endlich einmal ein Beispiel an dem katholischen Pfarrer in Essen-Altenessen. Der ist im Gegensatz zu dir in der Lage, mit seinen Predigten seine Gemeinde und die Mitglieder zu fesseln und zu begeistern!" Sie, seine Ehefrau Yvette Schäfer, machte ihm wieder und wieder Vorhaltungen, bloß, um ihn niederzumachen, denn sie hatte nur noch Verachtung für ihn übrig.

„Der katholische Pfarrer weiß seine Zuhörer zu begeistern. Er fängt seine Predigt damit an: ‚Ich habe ein Plakat in Gelsenkirchen gelesen: KEINER KOMMT AN GOTT VORBEI, NUR LIBUDA!' Was sagt uns das?"

Er, der sich wieder von ihr eingeschüchtert fühlte, antwortete darauf nur: „Unser Küster, der sich mit Fußball ein wenig auskennt, hat mir nur erklärt, dass Reinhard Libuda zwar ein begnadeter Rechtsaußen war, andererseits aber eine verkrachte Existenz, die intellektuell noch nicht einmal in der Lage war, den ihr angebotenen Zigarrenladen zu führen."

Sie antwortete darauf nur schnippisch: „Verstehst du denn gar nichts? Darauf kommt es doch überhaupt nicht an, sondern nur darauf, die Hörerschaft für die eigene Predigt zu begeistern. Du hast insofern nur eine Buchhaltermentalität, kannst einfach nur jede Predigt damit beginnen: Laut Genesis 2,17 heißt es zum Beispiel: ‚Doch vom Baum der Erkenntnis von Gut und Böse darfst du nicht essen, denn sobald du von ihm isst, bist du des Todes.' Oder Levitikus 23,2 und 3: ‚Rede mit den Söhnen Israels und sprich zu ihnen: Des Herrn Feste, die ihr als Tage heiliger Versammlung ausrufen sollt, sind folgende: Sechs Tage soll man arbeiten, aber am siebten Tag ist vollständiger Ruhetag, ein Tag heiliger Versammlung, an dem ihr keinerlei Arbeit verrichten dürft.'

Oder du zitierst nur aus dem ersten Kapitel des Evangeliums nach Matthäus: ‚Es sind demnach im Ganzen von Abraham bis David vierzehn Geschlechter, von David bis zur Babylonischen Gefangenschaft vierzehn Geschlechter, von der Babylonischen Gefangenschaft bis zu Christus vierzehn Geschlechter.' Wenn deine Gemeinde zum dritten Mal ‚vierzehn Geschlechter' gehört hat, ist sie schon zum größten Teil eingeschlafen. Du – ein studierter evangelischer Theologe – bist nicht in der Lage, deine Gemeinde zu fesseln oder zu begeistern, damit sie dir aufmerksam zuhört. Ich denke, du hast deinen Beruf verfehlt und bist der geborene Versager!"

Diese Worte trafen ihn wie der Faustschlag einen Boxer, der seine Deckung vernachlässigt hatte.

Dabei liebte er seinen Beruf als Seelsorger,

- wenn Kinder von ihm getauft wurden,
- wenn er das Abendmahl feierte,
- wenn er alte Menschen und deren Angehörige auf deren letztem Weg begleitete und
- wenn er den Konfirmandenunterricht leitete, obwohl auch die Kinder schnell merkten, dass seine rhetorischen Fähigkeiten stark begrenzt waren.

Die Liebe zu seinem Beruf als Seelsorger hatte dann auch einen Namen bekommen, denn er hatte sich in die Gemeindehelferin, Frau Sina Fürst, verliebt. Diese unterstützte ihn bei seiner Tätigkeit so gut wie möglich und verbrachte auch ihre Freizeit in der Gemeinde, da sie selbst wegen schlimmer Schicksalsschläge der Einsamkeit zu entfliehen versuchte:

Ihr mehr als zwanzig Jahre älterer Ehemann Hendrik Fürst war vor rund einem Jahr an Krebs gestorben. Er war ein Charmeur der alten Schule, der ihr jeden Wunsch von den Lippen abgelesen und stets die Autotür aufgehalten hatte, der ein begeisterter Tänzer war und mit dem sie aufgrund seiner hervorragenden Pension – er war ein ehemaliger Studiendirektor – viele schöne Reisen unternommen hatte. Er hatte sie sprichwörtlich „auf Händen getragen". Sie hatte zwar seinerzeit damit rechnen müssen, diesen älteren Menschen irgendwann einmal zu verlieren, als dies aber tatsächlich passierte, traf es sie dann doch wie ein Keulenschlag.

Nach dem mittlerweile ergangenen Trauerjahr konnte sie sich wieder unter Menschen wagen und traf dabei den Pfarrer Jan Schäfer, der ihr immer wieder abwesend und traurig erschien, bis sie sich ein Herz nahm, um ihn zu fragen, warum er so schwermütig sei.

Er konnte darauf nur antworten: „Meine Frau Yvette nimmt mir das letzte bisschen Selbstwertgefühl, indem sie mich ständig kritisiert. Sie sagt, ich würde in meinem Beruf nichts taugen, ich würde mich nicht genügend um unsere gemeinsame Tochter kümmern und es wäre frustrierend und schrecklich, mit mir zusammenleben zu müssen."

Dabei hatte Sina Fürst schnell feststellen können, dass er sehr feinfühlig war, sich viel Zeit nahm, ihr zuzuhören, wie sie mit ihrer Trauer wegen des Verlustes ihres geliebten Mannes fertig wurde, so dass sie schließlich den Mut fasste, ihm vorzuschlagen, dass er zu ihr nach Gelsenkirchen ziehen sollte. Es machte ihn überaus glücklich, dass sie ihm so sehr entgegen kam.

Er war zu Hause in Altenessen und packte gerade die Koffer, um nach Gelsenkirchen zu ziehen, als seine Ehefrau wie von der Tarantel gestochen in das Schlafzimmer platzte und ihn anschrie: „Hier pfeifen es die Spatzen schon von den Dächern, dass du etwas mit dieser Schlampe Sina Fürst hast und mich schon seit Wochen mit ihr hintergehst! Aber eines sage ich dir: Ein evangelischer Pfarrer lässt sich von seiner Frau nicht scheiden und ich werde dich auspressen, so gut es geht. Geh nur zu deiner Schlampe und du wirst dein blaues Wunder erleben!"

Der Beginn des Ehekrieges war der Antrag von Yvette auf Erlass einer einstweiligen Verfügung auf Herausgabe des Familienvolvos. Es handelte sich hierbei um das bislang als Familienauto genutzte Fahrzeug, das seine Ehefrau benötigte, um die Tochter in die Schule zu bringen und abzuholen, sowie dafür, sämtliche Besorgungen für sich und ihre Tochter zu erledigen. Sie führte in diesem Verfahren aus, dass der Ehemann dieses Fahrzeug nicht benötige und sich anderweitig helfen könne.

So bekam sie vor dem Familiengericht Essen Recht und das Amtsgericht verfügte, dass Herr Schäfer dieses Fahrzeug sofort an seine Frau zum Gebrauch herauszugeben habe.

Der nächste Stich unter die Haut war die Unterhaltsklage für sich und die Tochter, die Frau Schäfer mit dem Satz kommentierte: „Ich werde dich fertig machen, so dass dir nur der Selbstbehalt bleibt. Lass dich doch von deiner Konkubine durchfüttern, ich gönne ihr nicht das Schwarze unter den Nägeln!"

Seinem Wunsch, sich scheiden zu lassen, kam sie aber unter keinen Umständen nach. „Ich werde mich von dir nie scheiden lassen, denn ich gönne dir natürlich auch keine andere!" Es war ihm also nicht möglich, seine geliebte Sina zu ehelichen.

Obendrein wurde Sina Fürst von einem weiteren schweren Schicksalsschlag heimgesucht. Auch ihre geliebte und erst 25 Jahre alte Tochter starb schnell und plötzlich an Krebs, so dass sie selbst in einen bedauernswerten Zustand der Trauer abglitt. Dann erhielt Jan auch noch einen niederschmetternden Brief von seiner vierzehnjährigen Tochter Martina: „Papi, du hast uns verlassen und Mami und mir das Herz gebrochen. Wir hassen dich und wollen mit dir nichts mehr zu tun haben!"

Dies alles war zu viel für ihn! Er fasste den Entschluss, nicht mehr leben zu wollen und die irdische Bühne für immer zu verlassen.

Er wollte seiner Lebensgefährtin nicht länger ein Klotz am Bein sein und sie nicht weiter mit seinen Problemen belasten.

So ging er mit einem festen Strick in die Garage und warf mit seinen Füßen den Stuhl um, auf den er sich gestellt hatte.

In einem Abschiedsbrief an Sina entschuldigte er sich mehrfach für sein Tun, allerdings verfasste er hierbei auch folgende Zeilen:

„Meine Lebensgefährtin Sina Fürst, geborene Fuchs, wohnhaft in der Kleystraße 5 in Gelsenkirchen, ist allein berechtigt, sämtliche mit meiner Bestattung zusammenhängenden Entscheidungen unter Ausschluss weiterer Berechtigter zu treffen."

Als Polizeibeamte der Ehefrau Yvette Schäfer die Nachricht vom Freitod ihres Mannes überbracht hatten, konnte sie nicht an sich halten: „Dieser Loser, dieser Feigling hat nichts Besseres zu tun, als sich einfach aus dem Leben zu schleichen und sich aus der Verantwortung zu stehlen."

Als sie dennoch die Beerdigung ihres Mannes organisieren wollte, um den Schein als trauernde Witwe zu wahren, wurde sie von Sina Fürst eines Besseren belehrt: „Ich bin von Ihrem armen, bedauernswerten Mann allein dazu bestimmt worden, die Totenfürsorge für ihn durchzuführen. Es wird eine Urnenbestattung geben und die Urne wird in Gelsenkirchen beigesetzt werden."

Yvette Schäfer schäumte vor Wut, als sie diesen Brief erhalten hatte. Sie begab sich zu ihrem Anwalt Dr. Lenker in Essen-Rüttenscheid und verklagte Sina Fürst auf Herausgabe der Urne ihres verstorbenen Ehemanns, der von ihr getrennt gelebt hat, aber nicht von ihr geschieden war. Sie berief sich dabei auf die Rechtsprechung Deutscher Gerichte bis hin zum Bundesgerichtshof, wonach die Totenfürsorge dem nächsten Angehörigen obliegt.

Auch Sina Fürst suchte einen Rechtsanwalt auf mit den Worten: „Es kann doch nicht wahr sein, dass ich jetzt die Urne meines Lebensgefährten an diese herzlose Person herausgeben muss! Schließlich war mein Jan doch längst von ihr getrennt." Hierzu antwortete ihr Anwalt Volker Meyer nur: „Damit können wir leider nicht punkten, denn als nächste Angehörige sind insbesondere Ehegatten berufen, selbst wenn sie schon getrennt gelebt haben. Dies hatte ein Landgericht in Leipzig leider so entschieden." Andererseits hatte dann das Amtsgericht Gelsenkirchen den eindeutigen Erblasserwillen des selbst aus dem Leben geschiedenen Jan Schäfer als ausschlaggebend dafür angesehen, die Klage seiner Frau Yvette auf Herausgabe seiner Urne abzuweisen, weil nach Auffassung des Gerichts allein Frau Sina Fürst das Recht der Totenfürsorge für ihren verstorbenen Lebensgefährten zustehe.

Wiederum war es die verbohrte Ehefrau, die sich damit nicht abfinden wollte und Berufung gegen das Urteil des Amtsgerichts Gelsenkirchen einlegte. „Schließlich bin ich als Noch-Ehefrau zusammen mit meiner Tochter mehr wert als die Frau, bei der er bis zu seinem Ende untergekommen war."

Das Landgericht Essen, welches als letztinstanzliches Gericht über diese Berufung zu befinden hatte, sah dies anders:

„Die Ausführungen des erstinstanzlichen Gerichts halten einer rechtlichen Prüfung stand. Das Gericht appelliert an alle Beteiligten, dem Verstorbenen endlich die Ruhe zu geben, die er auf der irdischen Welt nicht hatte finden können!"

Yvette Schäfer hatte endgültig verloren!

7. DER RECHTSCHAFFENE VIKTOR

Viktor Malewski fiel aus allen Wolken, als er vom Amtsgericht die Mitteilung erhielt, dass die zuständige Staatsanwaltschaft beantragt habe, ihm die Fahrerlaubnis vorläufig zu entziehen, weil dringende Gründe für die Annahme vorhanden seien, dass ihm die Erlaubnis zum Führen von Kraftfahrzeugen entzogen werde.

Viktor war ein rechtschaffener Rentner, der vor Jahrzehnten aus Russland gekommen war, wo er noch in der Roten Armee seinen Dienst leisten musste. Er war deshalb immer darum bemüht, der Obrigkeit gegenüber nicht aufzufallen, um ein ruhiges, zufriedenes Leben zusammen mit seiner Frau führen zu können.

Nunmehr hieß es in dem Anhörungsschreiben des Amtsgerichts:

„Es bestehen dringende Gründe für die Annahme, dass Sie sich durch Begehung einer vorsätzlichen Körperverletzung in Tateinheit mit Nötigung als Reaktion auf ein Verkehrsgeschehen als charakterlich ungeeignet zum Führen von Fahrzeugen erwiesen haben und Ihnen die Fahrerlaubnis entzogen wird."

Er fühlte sich dadurch aus zwei Gründen wie vor den Kopf gestoßen,

- denn einerseits war er wegen einer Gehbehinderung dringend darauf angewiesen, mit seinem Pkw die erforderlichen Gänge zu Ärzten und Apotheken bewerkstelligen zu können und
- andererseits fühlte er sich ungerecht behandelt, nachdem ihm bei einer zunächst durchgeführten polizeilichen Vernehmung mitgeteilt worden war, dass es schon nicht so schlimm werden würde.

Viktor war an einem heißen Sommertag auf dem Weg zu seinem Hausarzt und passierte dabei eine Kreuzung, als der Pkw-Fahrer Lukas Herrmann aus einer Seitenstraße auf die vorfahrtsberechtigte Straße, auf der sich Viktor befand, fuhr, dabei dessen Vorfahrt missachtete, so dass Viktor gezwungen war, auf die Bremsen zu treten, um einen Zusammenstoß zu verhindern. Seine kurze Verärgerung darüber war bereits verraucht, als er zunächst in seiner Hausarztpraxis Rezepte abgeholt hatte und mit diesen dann in die nicht weit davon entfernte Apotheke gefahren war. Er hatte die Arzneimittel abgeholt und sich anschließend in seinen Pkw, den er unmittelbar vor der Apotheke geparkt hatte, gesetzt. Da es an diesem Sommertag sehr heiß gewesen war, waren die Seitenfenster seines Pkw heruntergekurbelt, als Lukas Herrmann, der Fahrzeuglenker, welcher seine Vorfahrt missachtet hatte, an seinem Pkw vorbeifuhr und dessen Vater Karl Herrmann ihn angrinste, dabei mehrere Bonbons in den Pkw von Viktor Malewski warf und ihn dabei im Gesicht traf. Viktor wusste nicht, wie ihm geschah!

Ein Stückchen weiter wurden gerade Straßenarbeiten durchgeführt und die Straßenbaufirma hatte aus diesem Grund dort eine Behelfsampel eingerichtet. Als diese auf Rot umgesprungen war, stieg Viktor aus, um die Herren Herrmann zur Rede zu stellen. Er hatte dabei die Bonbons des alten Herrmann in seiner Hand, die er in das Herrmannsche Fahrzeug warf, allerdings nicht – wie der alte Herrmann – diesen Personen ins Gesicht, sondern auf den Schoß von Lukas und Karl Herrmann. Der alte Herrmann hatte eine Wasserflasche in der Hand und spritzte aus dieser Wasserflasche das Wasser in das Gesicht von Viktor und der junge Lukas Herrmann versuchte, aus dem Auto zu gelangen, um Viktor anzugreifen, nachdem er ihm mit den Worten gedroht hatte: „Jetzt kriegst du was auf die Fresse!" Dabei stieß er Viktors Sonnenbrille von dessen Kopf, so dass diese herunterfiel.

In ihrer Anzeige gegenüber der Polizei machten die Herren Herrmann daraus einen körperlichen Angriff von Viktor:

Er soll den Fahrer daran gehindert haben, aus seinem Pkw auszusteigen und dabei das linke Bein des jungen Herrmann eingeklemmt haben, der daraufhin einen Bluterguss erlitten haben will.

Belastend für Viktor erwies es sich, dass Zeugen dieses Vorfalls dies nach Auffassung des Gerichts bestätigt haben sollen.

Der Zeuge Silbermann gab an, dass er zunächst durch wildes Hupen auf den Vorfall aufmerksam gemacht worden sein soll. Dabei hatte niemand gehupt, insbesondere nicht Viktor, der sein Fahrzeug ja bereits verlassen hatte. Weiterhin will der Zeuge Silbermann mit dem Herbeirufen der Polizei gedroht und gesehen haben, wie Viktor auf das Fahrzeug des Herrn Herrmann geschlagen habe. Überdies soll Viktor versucht haben, die Fahrertür zuzuschlagen, was aber nicht gelang, weil der junge Herrmann bereits mit einem Bein aus dem Pkw ausgestiegen war.

Die Zeugin Halbe will gesehen haben, dass der junge Herrmann bereits ausgestiegen war und dass Viktor ihm seine Sonnenbrille entrissen und auf den Boden geworfen habe. Dabei trug der junge Herrmann weder Brille noch Sonnenbrille, nur Viktor hatte eine Brille getragen. Dies genügte der zuständigen Amtsrichterin, um Viktor die Fahrerlaubnis vorläufig zu entziehen. Wesentliche Begründung hierfür war, dass Viktor nur deshalb so reagiert hatte, wie er reagierte, weil er darüber erbost gewesen sein soll, dass ihm der junge Herrmann die Vorfahrt genommen hätte. Durch dieses Verhalten soll er sich als charakterlich ungeeignet zum Führen von Kraftfahrzeugen erwiesen haben. In dem Beschluss heißt es hierzu wörtlich: „... aus einer Reaktion des Beschuldigten mit einer Körperverletzung gegen einen anderen Verkehrsteilnehmer, der er dringend verdächtig ist, auf ein von ihm als Vorfahrtsverletzung wahrgenommenes Verkehrsgeschehen, wird auch eine Gefahr für die Allgemeinheit deutlich. Verkehrsverstöße, auch mit Gefährdungssituationen, sind durchaus alltäglich im Verkehrsgeschehen. Wer auf mögliche Verstöße anderer mit Körperverletzung reagiert, stellt im Straßenverkehr eine Gefahr auch für weitere Verkehrsteilnehmer dar."

Dabei hatte Viktor nur aus Notwehr gehandelt, um einem Angriff von Lukas Herrmann zuvorzukommen. Dass es Viktor dabei überhaupt nicht mehr um die Vorfahrtsverletzung ging, sondern darum, den Fahrer und seinen Vater wegen deren aggressivem Verhalten lediglich zur Rede zu stellen, hatte die Richterin überhaupt nicht in Betracht gezogen.

Es versteht sich von selbst, dass Viktor durch seinen Anwalt gegen den Beschluss mit der vorläufigen Entziehung der Fahrerlaubnis Beschwerde einlegte, weil er überhaupt nicht einsehen konnte, dass das Gericht so schnell ihm gegenüber reagiert hatte, ohne eine Hauptverhandlung abzuwarten, in der der gesamte Vorfall hätte geklärt werden können.

Nur wenige Tage später, standen drei Polizeibeamte bei Viktor vor der Haustür und verlangten in aggressiver Weise – eine Polizeibeamtin hatte die Hand auf das Halfter ihrer Pistole gelegt – die Herausgabe seines Führerscheins. Er musste dieser Aufforderung notgedrungen nachkommen.

Das Landgericht hatte Viktor geraten, die Beschwerde zurückzunehmen und dies im Wesentlichen damit begründet, dass zwei unbeteiligte Zeugen ihn erheblich belastet hatten. Der Vorfall führte schließlich dazu, dass Viktor keine Nacht mehr durchschlafen kann, nachts wach und nervös im Bett liegt, kaum noch Nahrung zu sich nimmt und sein Nervenkostüm sehr angeschlagen ist.

„Wäre doch bloß die Polizei gekommen, dann hätte dies alles vor Ort an diesem heißen Sommertag aufgeklärt werden können." Aber leider stimmt es nicht, dass der Zeuge Silbermann vorgehabt habe, die Polizei zu rufen.

Bis zur Durchführung der Hauptverhandlung war es Viktor verwehrt, mit seinem Pkw seine Besorgungen zu erledigen. Erst im Hauptverhandlungstermin hat er dann seinen Führerschein zurück bekommen.

8. DER UNGESETZLICHE BÜRGERMEISTER

„Es gibt nur zwei Sorten von Menschen in meiner Gemeinde – entweder man ist für mich oder man ist gegen mich! Die aber, die gegen mich sind, werden mich schon noch kennenlernen!" Bürgermeister Sammy Zimmer schlug in seinem Amtszimmer mit der rechten Faust so laut auf seinen Schreibtisch, dass die mithörenden Mitarbeiter in der Verwaltung vor Schreck zusammenzuckten.

„Dieser Rüdiger Heß, der Fraktionsvorsitzende der SPD im Gemeindeparlament, bereitet mir schon wieder Schwierigkeiten, weil er es publik gemacht hat, dass ich mehr als zweitausend Überstunden – die ich für das Wohl der Gemeinde geleistet hatte – mit der Besoldungsstelle abrechnen wollte. Dem werde ich es nun zeigen!" Der Bürgermeister war außer sich vor Wut. Schließlich hatte die Gemeinde Herrn Heß Büroräume vermietet. Um die Firma des Fraktionsvorsitzenden Heß loszuwerden, machte der Bürgermeister für diese Räume nunmehr Eigenbedarf geltend, ohne dies mit den Gemeindevertretern überhaupt abgestimmt zu haben.

DRüdiger Heß war über diese ungesetzliche Vorgehensweise des Bürgermeisters so erbost, dass er sich mit dem Vertreter der Freien Wähler, Herrn Martin Röder, in seinen Geschäftsräumen traf.

Einen Großteil der Überstunden, die er vergütet haben wollte, verbrachte der Bürgermeister damit, dass er seinen politischen Gegnern hinterherschnüffelte, was mit der Einhaltung von demokratischen Spielregeln selbstverständlich nicht in Einklang zu bringen war. Was sollte man überhaupt von der Person des Bürgermeisters, der vorher als „Zwölfender" bei der Bundeswehr gedient hatte und für den es deshalb nur die Maxime „Befehl und Gehorsam" geben konnte, auch anderes erwarten?

So beobachtete er aus einem Versteck heraus, wie Herr Röder sich mit Herrn Heß in dessen Geschäftsräumen traf. Bürgermeister Zimmer wollte alles genau wissen und lauschte dem Gespräch der beiden, bevor er wutschnaufend in der Tür auftauchte und die beiden mit den Worten attackierte: „Sie, Herr Heß, werden nicht mehr allzu oft Zeit und Gelegenheit finden, um derartige konspirative Treffen hier abhalten zu können!" Er machte Absatz und sah beim Hinausgehen auf dem Tisch eine Flasche Bier, die dort ungeöffnet stand. Die anderen beiden Herren wussten jedoch nicht, dass er mit seinem Motorrad in einer Seitenstraße wartete, bis das Gespräch beendet war, und Herr Röder mit seinem Pkw nach Hause fuhr. Der Bürgermeister schwang sich auf sein Motorrad, fuhr die gesamte Strecke von fünf Kilometern hinter Herrn Röder her, um ihn dann kurz vor dem Ziel, dem Zuhause des Herrn Röder, zu überholen und ihm den Mittelfinger zu zeigen.

In einer späteren schriftlichen Vernehmung hierzu ließ der Bürgermeister vortragen, dass er überhaupt nicht in der Lage gewesen wäre, den „Stinkefinger" zu zeigen, denn dann hätte er sein Motorrad zwingend abgewürgt. Diesen Unsinn nahmen die Strafverfolgungsbehörden dem Bürgermeister ab, um das gegen ihn eingeleitete Ermittlungsverfahren wegen Beleidigung und falscher Verdächtigung einzustellen.

Am besagten Abend war es aber noch nicht genug, denn der Bürgermeister war gegen Herrn Röder noch weiter vorgegangen und hatte die zuständige Polizeistation davon in Kenntnis gesetzt, dass Röder offensichtlich in alkoholisiertem Zustand nach Hause gefahren sei.

Als es sich Herr Röder gerade zu Hause gemütlich machen wollte, klingelte es an seiner Haustür. Zwei Polizeibeamte standen vor seinem Haus und fragten, ob er Alkohol zu sich genommen hätte. Die in solchen Dingen äußerst erfahrenen Polizisten erkannten sofort, dass Herr Röder vollkommen nüchtern war, teilten ihm diese Einschätzung auch mit, entschuldigten sich und fuhren wieder davon.

Herr Röder wollte die Sache aber nicht auf sich beruhen lassen und erstattete Anzeige gegen den Bürgermeister wegen tätlicher Beleidigung und falscher Verdächtigung.

Zimmer gab in diesem Zusammenhang zu Protokoll, dass er, der früher auch als Fahrlehrer tätig gewesen war, es als seine staatsbürgerliche Pflicht angesehen habe, den in Schlangenlinien nach Hause fahrenden Herrn Röder bei der Polizei anzuzeigen, weil von diesem eine Gefahr für die allgemeine Sicherheit und Ordnung ausgegangen sei. Dies stimmte ebenso wenig wie die Aussage, dass Herr Röder in Schlangenlinien gefahren sei, weil er alkoholische Getränke zu sich genommen habe.

Noch befand sich der Bürgermeister unter dem Schutzschirm der staatlichen Strafverfolgungsbehörden, die das Verfahren gegen ihn mit der Begründung einstellten, dass kein hinreichender Tatverdacht gegen ihn angenommen werden könne.

In einem weiteren Fall konnte er dann aber auf eine solche Nachsicht gegenüber ihm, dem demokratisch gewählten Repräsentanten seiner Gemeinde, nicht mehr bauen und rechnen.

Aufgrund der sich gegen ihn breitmachenden Stimmung wegen diktatorischer Amtsführung – so war es kein Einzelfall, dass er die ebenfalls demokratisch gewählten anderen Gemeindeorgane bei seinen Entscheidungen ausschloss – ging die Bürgermeisterwahl nur knapp zu seinen Gunsten aus: Sein Kontrahent bei der Bürgermeisterwahl, Peter Becker, erhielt 48% der abgegebenen Stimmen, so dass für den zweiten Sonntag nach diesem Wahltermin eine Stichwahl zwischen den beiden Kandidaten erforderlich wurde.

Der amtierende Bürgermeister war außer sich und zerbrach sich den Kopf, wie er die Wahl beeinflussen könnte, um als Sieger aus ihr hervorzugehen. Dabei war den von ihm dafür eingespannten Gemeindebediensteten aufgefallen, dass viele – und hier vor allem ältere Mitbürger – der Bürgermeisterwahl einfach ferngeblieben waren und keinen Stimmzettel abgegeben hatten.

Diese Leute musste er für sich gewinnen!

So machte er in der Zeit bis zur Stichwahl viele Hausbesuche, ohne zu vergessen, die dafür eingesetzten Stunden wiederum als Überstunden aufzuzeichnen. Er hatte dabei besonders ein älteres Ehepaar, die Eheleute Mamapatros, im Visier, und stand dann auf einmal vor deren Tür, und zwar mit dem Wahlzettel für die Briefwahl in der Hand.

Frau Mamapatros machte Bürgermeister Zimmer gegenüber geltend, dass ihr Mann demenzkrank ist und deswegen keinen Wahlzettel mehr selbst ausfüllen könnte. Dies hinderte den Bürgermeister nicht daran, ihr gegenüber zu äußern, dass ihr Ehemann doch nur ein Kreuzchen machen müsse und er dem kranken alten Mann dazu die Hand führen würde und das Kreuzchen in der Spalte für den Bürgermeister Zimmer setzte. So geschah es auch bei anderen – insbesondere bei älteren – Personen, die in der Briefwahl ihr Votum für den Bürgermeister Zimmer abgegeben hatten. Dies führte am Stichtag der Wahl dazu, dass Zimmer die Wahl knapp für sich entscheiden konnte und als Bürgermeister wieder gewählt wurde.

Die Opposition in der Gemeinde kochte deswegen und initiierte ein Verfahren gegen den Bürgermeister wegen Wahlbetrugs.

Die Angelegenheit schlug hohe Wellen und die zuständige Staatsanwaltschaft kam nicht umhin, Anklage gegen ihn zu erheben. Diese wurde auch sofort vom zuständigen Amtsgericht zugelassen.

Hier war der angeklagte Diktator der Gemeinde ganz klein. Der Prozess gegen ihn fand unter großem Zuschauerinteresse statt, der Gerichtssaal war an jedem Verhandlungstag prall gefüllt.

Bei den Angaben zu seinen persönlichen Verhältnissen versuchte der Bürgermeister wiederum zu tricksen und gab nur seinen Bürgermeisterverdienst an, ohne dabei seine Einkünfte aus der Vermietung zweier Wohnungen anzugeben. Obwohl ein Großteil der Gemeindeangehörigen von diesen weiteren Einkünften wusste, hatte niemand die federführende Amtsgerichtsdirektorin darauf hingewiesen.

Schließlich wurde er zu einer Geldstrafe in Höhe von 150 Tagessätzen verurteilt – mit der Folge, dass er nach Rechtskraft dieses Urteils als vorbestraft galt. Vorher hatte er, der ansonsten in seiner Amtsführung nie irgendwelchen Widerspruch gegen sich hatte gelten lassen, ein jämmerliches Schlusswort abgegeben:

„Ich habe doch nur mit den besten Absichten für meine Gemeinde gehandelt. Nachdem mir erst jetzt bewusst ist, dass ich gegen Wahlgrundsätze verstoßen habe, gelobe ich hiermit, dies in Zukunft nicht mehr zu tun!"

Er konnte dann aber nicht mehr verhindern, dass er als Bürgermeister abgewählt wurde, obwohl er vergeblich gegen die Abwahl gerichtlich vorgegangen war.

Die Gemeinde hat nun endlich keinen Bürgermeister mehr, der dieses Amtes überhaupt nicht würdig war, weil er sich über Vorschriften und demokratische Grundsätze einfach hinweggesetzt hatte!

9. DIE ABROBBER

Sie saßen zu fünft zusammen und beklagten ihr Schicksal; „Mist, wir haben keinen Stoff mehr, wie können wir an Stoff kommen?" So beratschlagten Sven, Oliver, Beate, Martin und Jan-Niklas ihre Situation. Alle gingen zur Zeit keiner Beschäftigung nach. Da sagte auf einmal Oliver: „Ich kenne den Dealer Bernd, von dem können wir Stoff besorgen."

Oliver vereinbarte mit Bernd einen Treffpunkt am Abend auf einem Parkplatz des Penny-Marktes, wo man aufeinander warten sollte. Die Fünf – Sven, Oliver, Beate, Martin und Jan-Niklas – planten die Tat, Jan-Niklas und Sven besorgten Schreckschusspistolen, um den Dealer Bernd in Schach zu halten.

Sie positionierten sich auf dem Gelände des Penny-Marktes unter Büschen, als Bernd erschien, um vereinbarungsgemäß 100 Gramm Marihuana an den Mann zu bringen und zwar zu einem Preis von 1.000 Euro. Als Bernd Oliver sah und auf ihn zuging, stürmten die anderen drei jungen Männer aus ihren Verstecken und bedrohten Bernd mit den Schreckschusspistolen, so dass diesem nichts anderes übrig blieb, als das Marihuana herauszugeben. Im Umdrehen wandte er sich aber noch an Oliver und drohte diesem: „Ich weiß, wo du wohnst. Du wirst noch von mir hören!"

Am darauffolgenden Tag stand Bernd vor der Tür des Hauses der Eltern von Oliver. Der Vater von Oliver, Herr Bernd Nägele, öffnete die Tür und ehe er sich versah, hatte er schon die Faust von Bernd im Gesicht. Bernd stürmte in das Haus und schrie: „Ich will 1.000 Euro für meinen Stoff haben". Herr Nägele schaffte es dann doch, Bernd aus dem Haus zu bekommen und drohte diesem: „Dies wird ein strafrechtliches Nachspiel haben!" Herr Nägele ging zur zuständigen Polizeistation und erstattete Strafanzeige gegen den Dealer Bernd wegen Körperverletzung und Erpressung. Im Laufe der polizeilichen Ermittlungen kristallisierte sich der Tathergang auf dem Penny-Parkplatz heraus und der zuständige Staatsanwalt erhob schließlich Anklage gegen Sven, Oliver, Beate, Martin und Jan-Niklas wegen schweren gemeinschaftlichen Raubes. Am ärmsten dran war Beate, denn diese war nur zufällig bei der Verabredung dabei und saß im Pkw von Jan-Niklas, bevor sie zur Tat schritten.

„Mitgehangen, Mitgefangen!": Das hieß es für alle, denn der Stoff, den man von Bernd ergaunert hatte, wurde gleich nach der Tat gerecht verteilt.

Jan-Niklas hatte die Anklageschrift mit dem Vorwurf schweren gemeinschaftlichen Raubes nie verstanden. Sein Verteidiger hatte ihn bislang immer vor dem Amtsgericht herausgeboxt, als er

- wegen unerlaubtem Besitz einer Schreckschusspistole,
- wegen Verbreitung kinderpornografischer Darstellungen,
- wegen Belästigung von Mädchen im Internet und
- wegen Drogendelikten

vor der Jugendrichterin stand. Hier ist er immer mit einem blauen Auge und höchstens mit Sozialstunden davongekommen.

Nunmehr ging es vor die Strafkammer des Landgerichts. Fatal war, dass Jan-Niklas zum Zeitpunkt der Tat bereits seit sechs Wochen 21 Jahre alt war und somit das Jugendstrafrecht für ihn nicht mehr in Betracht kam. So kam es zu einer Verhandlung vor dem Landgericht, in dem alle fünf, auch die bedauernswerte Beate, jeweils zu Freiheitsstrafen zwischen drei und dreieinhalb Jahren verurteilt wurden, was bedeutete, dass Bewährung nicht gewährt werden konnte.

Der bemitleidenswerte Herr Nägele brach bei der Urteilsverkündung seines Sohnes zusammen – schließlich hatte er den Stein ins Rollen gebracht und durfte jetzt seinem Sohn erklären, warum er ihn in der nächsten Zeit nur in der Justizvollzugsanstalt besuchen kann.

Jan-Niklas ging in Revision und ließ sich von dem Revisionsspezialisten Dr. Thränhardt verteidigen. Er konnte zwar vor dem Bundesgerichtshof Punkterfolge erzielen, letztendlich hat der dieser aber das Verfahren zur Neuverhandlung an das Landgericht zurückverwiesen, in dem er dann vor dem Landgericht zu einer Freiheitsstrafe von zwei Jahren und drei Monaten und damit ohne Bewährung, so wie alle Mitangeklagten, die ihren Haftantritt bereits hinter sich hatten, verurteilt wurde.

Er war sich immer noch nicht des Ernstes der Lage bewusst und verfasste mit seinem Vater ein umfangreiches Gnadengesuch beim Bundespräsidenten mit der Begründung, dass er sich seit dem Vorfall, der sich zu diesem Zeitpunkt bereits vor mehreren Jahren ereignet hatte, nichts mehr hatte zuschulden kommen lassen und er seitdem ein geläuterter Mensch geworden sei.

Es ist davon auszugehen, dass der Bundespräsident dieses Gnadengesuch nie zu Gesicht bekommen hatte und damit eine positive Bescheidung nicht in Frage kam.

Er meinte auch noch leichtgläubig, dass ihm für den Fall, die Haftstrafe antreten zu müssen, die eigene Bettwäsche mit flauschig weichem Kopfkissen im Gefängnis erlaubt werden würde.

Als er nach mehreren Versuchen, die Haftstrafe hinauszuzögern, letztendlich doch die Haft antreten musste, wurde er schnell eines Besseren belehrt. Er erhielt einfache Gefängnisbettwäsche sowie ein Bett, welches viel zu kurz für ihn war. Jan-Niklas, musste im Gefängnis schnell die Realität akzeptieren, ob sie ihm gefiel oder nicht. Er hat nichts anderes erreicht als Zeitverzögerung; die anderen Mittäter waren schon entlassen, als er gerade erst ein halbes Jahr seiner Haftstrafe hinter sich gebracht hatte. Wie schlimm die Realität im Gefängnis ist, musste er am eigenen Leib dadurch erfahren, dass man ihn trotz der relativ kurzen Haftstrafe in eine Arbeitsgruppe mit mehreren Lebenslänglichen versetzt hatte. Dass hier raue Sitten herrschen, muss nicht näher erläutert werden. Mittlerweile ist das Unrechtsbewusstsein da, welches unmittelbar nach Urteilsverkündung nicht gegeben war. Damals sagte er noch: „Soll ich wegen fünf Minuten Abrobben tatsächlich zwei Jahre und drei Monate ins Gefängnis – das kann's doch nicht sein!"

Nachdem er zwei Drittel seiner Haftstrafe abgesessen hatte, wurde die Reststrafe zur Bewährung ausgesetzt und er kam auf freien Fuß.

10. DER EINFÄLTIGE BODO

„Ich will, dass ihr aus meinem Haus verschwindet, ihr nutzlosen Taugenichtse, die ihr mich nur Geld kostet und ich euch hier durchfüttern muss." So geschah es zum wiederholten Male, dass Else Matthäus, die Oma von Siegfried Matthäus, es leid war, mit ihm und seinem Kumpel Bodo Niemietz – mit diesen arbeitsscheuen Subjekten – weiter unter einem Dach in ihrem Fachwerkhaus in Freudenberg zu leben. Siegfried Matthäus hatte es bislang gut verstanden, ohne geregelte Arbeit durchs Leben zu kommen, während Bodo Niemietz seinen letzten Hilfsarbeiterjob auch wieder verloren hatte, weil er mehrfach unentschuldigt nicht zur Arbeit erschienen war.

„Du, Bodo, es muss etwas geschehen, denn wir können es uns einfach nicht gefallen lassen, dass uns meine Oma einfach auf die Straße setzt!" Dies waren die Worte von Siegfried an seinen Freund Bodo, mit dem er sich zwei Zimmer im Hause von Else Matthäus teilte.

Was war bisher geschehen?

Bodo war geistig stark zurückgeblieben, nachdem er in der Kindheit an einer Hirnhautentzündung erkrankt war. Er konnte weder schreiben noch lesen und war lediglich in der Lage, eine Unterschrift zu leisten, was man ihm mühsam beigebracht hatte. Seine Familie empfand ihn als Klotz am Bein: Die Mutter war mit ihrem neuen Ehemann in die USA ausgewandert und der Vater wollte von ihm auch nichts mehr wissen, nachdem er Bodo als hirnlosen Krüppel bezeichnet und dieser daraufhin die Hand gegen seinen Vater erhoben hatte.

Immer wieder mietete er für sich und seine geliebten Reptilien eine viel zu große und damit auch viel zu teure Wohnung, deren Miete er sich bald nicht mehr leisten konnte, so dass der jeweilige Vermieter gezwungen war, ihm zu kündigen und die Wohnung räumen zu lassen. So war es erst kürzlich wieder geschehen.

Irgendwo auf einem Treffpunkt von Jugendlichen und Arbeitslosen hatte er dann Siegfried Matthäus getroffen und ihm sein Leid geklagt. Siegfried, der es nie für nötig angesehen hat, einen Schulabschluss zu machen, geschweige denn eine berufliche Zukunft anzustreben, wohnte da schon bei seiner Oma, der er Bodo vorstellte.

„Umsonst ist der Tod; du kannst in meinem Haus wohnen, wenn ich von dir 200 Mark pro Monat erhalte", waren die Worte von Oma Else an Bodo. Bodo, der ständig in der Angst war, auf der Straße leben zu müssen, sagte dazu nur: „Das geht in Ordnung."

Die ersten Monate lief auch alles reibungslos, denn Bodo hatte bei einer Baufirma im Nachbarort einen Job als Hilfsarbeiter.

Er konnte allerdings, weil er des Lesens nicht mächtig war und auch nicht in der Lage war, eine Uhr zu lesen nicht immer pünktlich mit dem Bus zur Arbeit kommen und hatte hierzu auch nicht immer Lust. Zunächst erhielt er eine Abmahnung, die er überhaupt nicht verstanden hatte, bevor ihm sein Chef einige Zeit später mit den Worten kündigte: „Du brauchst ab morgen nicht mehr zu kommen und kannst auch jetzt sofort gehen."

Als Else ihre monatliche Miete einforderte, zuckte Bodo nur mit den Achseln, was sie rasend machte und dazu führte, dass sie ihn als nutzlosen Idioten titulierte, der sich auf ihre Kosten durchfressen würde.

Da sie auch von ihrem Enkelsohn die Nase voll hatte, stellte sie den beiden ein Ultimatum: „Am nächsten Monatsersten seid ihr aus meinem Haus verschwunden!"

Bodo hatte keine anderweitige Bleibe für sich und seine Schlangen, so dass er völlig verzweifelt mit Siegfried beratschlagte, was getan werden könnte.

Was dann genau passierte, konnte auch in einer Gerichtsverhandlung nicht geklärt werden, denn Siegfried hatte bis zum Ende der Verhandlung über den Tathergang konsequent geschwiegen.

Der Nachbarschaft fiel schon nach kurzer Zeit das Fehlen von Else auf, denn sie war als garstige Person bekannt, die sich auch häufig mit ihren Mitmenschen angelegt hatte.

Irgendjemand musste dann bei der Polizei Meldung gemacht haben, dass man Else schon seit Tagen nicht mehr gesehen hatte. Die Ausflüchte von Siegfried und Bodo, dass sie verreist sei, glaubte ihnen kein Polizeibeamter, denn andere Nachbarn hatten ausgesagt, dass die alte Else Matthäus noch nie im Urlaub gewesen sei.

So kam es zur Durchsuchung des Anwesens der alten Oma, die im Keller, der nicht betoniert war, vergraben wurde und schon stark verwest war, als man sie dann einige Tage später dort gefunden hatte.

Siegfried konnte sich den Tod seiner Oma nicht erklären. Er gab an, nicht zu wissen, wie sie dort hingekommen war.

Bodo wurde dem Haftrichter vorgeführt, der sofort erkannte, dass er es mit einem geistig zurückgebliebenen Gegenüber zu tun und insofern leichtes Spiel hatte.

Er sagte: „Bodo, du musst jetzt dein Gewissen erleichtern, denn dann bist du bis Weihnachten wieder zu Hause." Weihnachten war in knapp zwei Monaten. Dass der Richter letztendlich das Weihnachtsfest in acht Jahren gemeint hatte, konnte Bodo zu dem damaligen Zeitpunkt nicht erkennen und nachvollziehen. Er gab Folgendes zu gerichtlichem Protokoll:

Es hatte ohne sein Zutun und seine Anwesenheit eine heftige Auseinandersetzung zwischen Enkelsohn und Oma gegeben, in deren Verlauf Siegfried seiner Großmutter einen Knebel in den Mund gedrückt hatte, woraufhin sie erstickte und die irdische Bühne verließ. Bodo kam erst wieder ins Haus, als Else bereits tot im Flur lag. Auf Veranlassung von Siegfried schleppten beide den Leichnam in den Keller, um dort in den Lehmboden ein Loch zu graben und Else Matthäus dort zu entsorgen.

„Ich habe Siegfried nur beim Verbuddeln geholfen. Die Oma Else Matthäus war bereits tot, als ich wieder im Haus war."

Die Strafkammer beim Landgericht Siegen schenkte Bodo keinen Glauben. Auch nicht, dass er Angst um seine Schlangen gehabt habe und nur deswegen Siegfried bei dessen „Entsorgungsarbeiten" geholfen hatte.

Siegfried schwieg beharrlich vor dem Landgericht, so dass dem Vorsitzenden Richter nichts anderes übrig blieb, als ihn aus Mangel an Beweisen freizusprechen.

Weil Bodo einen Tatbeitrag eingeräumt hatte, erhielt er eine Freiheitsstrafe von acht Jahren. Das entsprach dem für solche Verbrechen üblichen Rahmen.

Da Siegfried wegen des Freispruchs nicht erbunwürdig geworden war, erbte er – als ihr nächster Angehöriger – das Haus seiner Oma.

Nun lag jedoch ein Fluch auf diesem Anwesen:

Einige Jahre später brannte es bis auf die Grundmauern ab, so dass Siegfried an dem Erbe und an diesem Haus keine rechte Freude haben konnte.

Der Autor

Der 1954 in Velbert (Nordrhein-Westfalen) geborene Michael Murek studierte Rechtswissenschaft an der Universität Bochum, ist seit Juni 1984 als Rechtsanwalt zugelassen und auch heute noch in diesem Beruf tätig. In seiner Freizeit widmet er sich der Literatur oder geht in die Natur. Zudem verreist er gern. Michael Murek ist verheiratet und hat zwei Kinder.

novum VERLAG FÜR NEUAUTOREN

Der Verlag

„Wer aufhört
besser zu werden,
hat aufgehört
gut zu sein!

Basierend auf diesem Motto ist es dem novum Verlag ein Anliegen neue Manuskripte aufzuspüren, zu veröffentlichen und deren Autoren langfristig zu fördern. Mittlerweile gilt der 1997 gegründete und mehrfach prämierte Verlag als Spezialist für Neuautoren in Deutschland, Österreich und der Schweiz.

Für jedes neue Manuskript wird innerhalb weniger Wochen eine kostenfreie, unverbindliche Lektorats-Prüfung erstellt.

Weitere Informationen zum Verlag und
seinen Büchern finden Sie im Internet unter:

w w w . n o v u m v e r l a g . c o m

novum VERLAG FÜR NEUAUTOREN

Bewerten Sie dieses Buch auf unserer Homepage!

www.novumverlag.com